兼好法師懷著「正因　　　　　　　的時代，
更該把握重要之事並活得精采。」
的心境並將之記錄下來。

要不要投奔到大眼蛙
和《徒然草》的世界看看呢？

好好地面對你心中沉睡的真實聲音，
找尋能使你怦然心動之物、
找尋能令你雀躍不已的生活方式吧！

KEYWORDS

15 為自己保留能將心中的浮躁化作文字、
　　慢慢思考的時間。

16 雖然無法改變生長環境和容貌，
　　但內在隨時都可以改變。

17 無法順利進行的時候，
　　就稍微停下腳步，讓身心休息吧。

18 好好珍惜手邊既有之物，
　　長久地使用它吧。

19 喜歡上某個人時，每天都雀躍不已。

20 人生比預期短暫，
　　所以要大量發掘小小的快樂和喜悅。

21 每一天，
　　都要放些心思、好好整理儀容。

22 別為了同件事頭昏腦脹、
　　別忘了隨時保持冷靜。

23 在清爽整潔的房間中，心情舒適地生活。

25 100個人就有100種想法和價值觀，
　　人因此而饒富趣味。

26 創造與經典名作共處的時間。

27 出門旅遊吧，讓身心變得輕盈。

28 多餘的物品和自尊請盡可能放下。

29　就算長大成人也要賞花踏浪，
　　要應景地行當季之樂。

30　成功的經驗、
　　開心的經歷都難以捨棄。

31　「總覺得有點累呢～」，
　　這種時候就去散散步吧。

32　用字遣詞恰如其分，這是大人的素養表現。

33　為了不可測的未來手足無措，
　　也是無濟於事。

35　總是心情愉悅、細心待人。

36　就算分離，
　　共處的時光和回憶依舊常在。

37　面對不擅長的對象，
　　也提起勇氣主動問候吧。

不小心搞錯了蛙　　改變氣色了蛙　　恢復神智了蛙

38 靜靜地、好好地面對過去。
偶爾也試著停下腳步吧。

39 別忘了對曾提供協助的、
重要的人們表達感謝之意。

40 為了他人的評價而或喜或憂，
不過徒留空虛。

41 請不要忘了，生命無法衡量。

42 捷足先登，
在衝勁消失前立即行動吧。

43 凡事皆有高人。
丟掉無謂的自尊，不恥下問吧。

44 別總是自說自話，
也好好傾聽對方的聲音。

45 制訂目標後，
就讓自己身處能專心達成的環境吧。

46　裝懂可恥。

47　不囤積多餘物品，清爽過生活吧。

48　當感覺到不對勁時，
　　先在腦中好好思考判斷。

49　有些事只有獨處能做到，
　　所以積極地讓自己變得「孤獨」吧。

51　羨慕他人是人之常情，
　　慢慢模仿，進而成長吧。

52　不確定的情報
　　和謠言不輕易說出口。

53　只顧說圈內話是不禮貌的，
　　讓大家一起參與話題、熱絡起來吧。

54　越是優秀越不能自負。

55　比起過於完美，
　　半成品反而饒富趣味。

56　將能一生相伴的質感好物
　　穿戴上身吧。

58　就算顯然是「虛假」，
　　過度思考後也可能被誤認為是「真實」。

59　成為最好的一天或是最壞的一天，
　　其實都取決於自己。

60　「沒有後路」，就能徹底追求、全神貫注。

61 快樂和喜悅其實近在眼前，
　　試著品味平凡的每一天吧。

62 錢是用來支配，而不是被其支配之物。
　　學著和錢好好相處。

63 若一直在同樣的位置，就會有發現不到的事情。
　　試著站在對方的角度思考看看。

64 培養能探究本質的眼光。

65 不害怕衝突，以真心闡述。

66 每個人定有不同感受和不同需求。
　　不多加批判、認同彼此相異之處。

67 一生是分秒的點滴積累。
　　為了充實的未來，要珍惜每一個零碎的片刻。

68 「應該沒關係了吧」，
　　這樣的懈怠會招來失敗。

69 恰如其分的生活方式，
　　最為理想。

71 別想著要勝利，先想著不要輸。

72 做過頭反而會有反效果。

73 別過度欲求，以既有之物達成。

74 比起身體髮膚之傷，心裡的傷更難治癒。

75 若一昧與他人比較，
　　則永遠不得滿足。

76 勝利不會永存，
要學著漂亮退場。

77 潛心於自己的目標、常保心情平靜。
這是最理想的生活方式。

78 想成為朋友的三種類型。

80 不想成為朋友的七種類型。

82 比起位高權重者，
向弱者及有難之人伸出援手者更值得尊敬。

83 食為生存的基本條件。

84 不是為了贏過他人，
而是為了自我成長而努力向上。

85 為了使他人歡樂，
從手邊的小事開始做起。

86 在評論他人之前，先回頭審視自己。

87 每天所使用之物，
比起新潮更該追求適用。

88 凡事都因有始有終才顯美好。

90 除了必要之物，不多取、不過剩。

91 深信不疑和先入為主，
都會使你的世界變得狹隘。

92 若想進步請拋棄羞恥心，
讓自己立於眾人目光下。

93 「喜歡之事」就算不作為工作，
也能一直享受其中。

94 人生無法預測，一心想達成的事情，
現在就開始行動吧。

96 所謂的專心，便是斬斷所有誘惑。

97 流言蜚語只會造成損失，不會有所獲得。

98 不管任何事物皆無法永存。

回頭一看蛙　　　翻身而起蛙　　　傻眼了蛙

99 自負為災難之源，
將自己的「長處」拋在腦後吧。

100 比起過度完美，
稍微有隙可乘才是恰到好處。

101 若總是東張西望，
則容易錯過眼前的機會。

103 保持適當距離以維持長期良好關係。

104 年齡增長是有其意義的。

105 從金錢使用方式中，可以看到人的本質。

106 外行人不知害怕，
但越是深諳其道之人越是戒慎恐懼。

107 專業和業餘天差地別。
鑽研其道之人從日常生活中就能看出不同。

108 就算被他人嘲笑也別在意，
專心看著眼前的目標就好。

109 「人生中沒有一天是會照著期望進行的」，
若能這樣思考會輕鬆很多。

110 愛情不見得是需要永遠在一起，
稍微有些距離也是必要的。

111 不知會在何時遇到何人，
故就算心情放鬆也需端正儀容。

112 不與他人爭辯自己專精領域外的事情、
不輕易對其發言。

113　知識和經驗能守護我們。
　　　培養能看透謊言的眼光。

115　就算不如預期，
　　　也放寬心、彈性以對。

116　從被金錢束縛中解放吧。

117　無法取得最好的條件也能平心接受且交出成果，
　　　這才是專業。

118　鑽研知識，
　　　讓現有環境發揮最大功效。

119　不留痕跡的無微不至是最帥氣的。

120　裝腔作勢是因為不成熟，
　　　坦承以對反而更能成長。

121　不為人際關係煩惱的三個法則。

122　只要一忙碌就容易將事情往後延。
　　　但人生有限，能完成的事情也有限。

124　若遇到他人詢問，
　　　親切易懂的回答對方吧。

125　就算是「厲害人物」所說的話，
　　　也要從各種角度冷靜判斷。

126　幸福的不二法則，就是不過度追求。

睡到翻下床了蛙

為自己保留能將心中的浮躁

化作文字、慢慢思考的時間。

在日常中總是有種沸騰的情感，浮躁的思緒無法釐清地
被操控著。將無形之事化為有形文字後，或許能有新的
體會，也能真正理解內心的情緒。

百無聊賴，終日與筆墨以對，隨手將心中飄忽不定的思緒提筆成
字，竟成詭譎奇妙之情緒。（序段）

雖然無法改變生長環境和容貌，
但內在隨時都可以改變。

可愛愉悅者、話題豐富者、溫柔體貼者，令人樂於長期
共處。容貌雖無法更改，但若下定決心，告訴自己「改
變吧！」，性格和內在隨時都有琢磨調整的可能。

家世容貌與生俱來，但內在智慧可憑自身努力與日俱進。（第1段）

無法順利進行的時候，
就稍微停下腳步，讓身心休息吧。

被悲傷和痛苦重擊，無法立即復原。此時，不要強迫自
己，給心靈一段「充電期」吧。好好享用美食、伴著喜
歡的音樂和書本悠哉度過。

我想就是所謂：「在流放邊疆之地以無罪之身仰望明月」之境界。
（第5段）
註：意指無論何種情況下，能與世隔絕、找到自處方式。

好好珍惜手邊既有之物，
長久地使用它吧。

被流行操控，在購買與捨棄間反覆著，最終僅會留下空
虛。選擇質感舒適、真正需要的東西吧。越質樸的東西
越值得珍惜。

皇室御用之物，以質樸為上。（第2段）

喜歡上某個人時，
每天都雀躍不已。

一旦戀愛，傷感和煩惱隨之而來。但每天都會充滿活
力、幹勁十足。不要只埋頭工作，也外出走走吧。不但
能豐富人生，也可能與美好之人邂逅。

被露珠浸溼、腳步徘徊。被雙親的教誨及世間的指責束縛，思緒紊
亂。也因此無法與戀人共眠的夜晚無數，輾轉難眠卻也別有風情。
（第3段）

人生總比預期短暫，
所以要盡量發掘小小的快樂和喜悅。

人生總會來到尾聲，所以要好好珍惜每一天。有朝一日
回首，比起後悔執著於過往，不如能打從心底讚嘆：
「啊～真是快樂的人生阿～」。讓我們以此為目標經營
每一刻。

人世無常故饒富趣味。（第7段）

每一天，
都要放些心思、好好整理儀容。

乾爽的膚質、輕盈的頭髮、沒有皺褶的衣著。對儀容用心的人，不管男女都容易印象加分，從中能感受到爽朗的性感氣息。越是慌亂的早晨，越不能忘記檢查自己的樣貌。

手足肌膚，清潔且凝滑如脂、無他物干擾，十足誘人。（第8段）

21

別為了同件事頭昏腦脹、
別忘了隨時保持冷靜。

好比戀愛、全神專注在某件事情時，容易對他人的事不
上心，工作容易失誤，無一好處。沒有餘裕不但會被周
遭察覺，也可能招來負面評價。

自身需引以為戒、需戒慎恐懼的便是此等誘惑。（第9段）

在清爽整潔的房間中，
心情舒適地生活。

住家可以看出居住者的品性和思考。就算房間狹小，只
要用心配置、擺放上不算高級但愛不釋手的家具，就能
成為世界上最令人安心的地方。

高貴之人能安穩長居之處，連照映入室的月光都別有韻味。（第10
段）

100個人就有100種想法和價值觀，
人因此而饒富趣味。

和親近友人價值觀和思考模式不同時總覺得有些寂寞。
但若對方因顧慮而凡事表示贊同，或許會更感到孤獨。
互相討論溝通，這才是最棒的關係。

若為了迎合而無法正面討論，則如同獨自一人般寂寥。（第12段）

創造與經典名作共處的時間。

經典名作和古典作品，有著跨越時空感動人心的話語及故事。曾經聚集人氣的老電影和兒時反覆閱讀的書，長大之後重新閱覽，或許會有不同的發現。

獨自一人在燈光下開卷，與未曾經歷的時代之人為友，此為無上的慰藉。（第13段）

出門旅遊吧，讓身心變得輕盈。

偶爾去旅遊吧，國內外都無妨。窩在旅館放空也好，在陌生的街道四處閒晃也很棒。透過離開日常生活，會有很多新的收穫。

無論目的為何處，偶爾透過旅遊洗滌身心。（第15段）

多餘的物品和自尊
請盡可能放下。

縮衣節食、朝向大業逐步邁進。如此橋段在偉人軼事中
時常出現，世代通用。透過消除不需要的事物，邁向偌
大目標的力氣也會油然而生。

縮衣節食、不欲奢豪、持無家產、知足無食，如此之人，值得敬
佩。（第18段）

就算長大成人也要賞花踏浪，
要應景地行當季之樂。

隨著年紀增長，一年似乎變得轉眼即逝。這或許是因為
對於季節的變化漸漸無感。別總是嚷著「好忙阿！」，
多出去走走，享受只有當季能享受的樂趣吧。

四季更迭，為萬物增添情趣。（第19段）

成功的經驗、開心的經歷
都難以捨棄。

開心的經驗令人想長久珍視。但時光飛逝，不要過度執
著於過去，將其成為當下及未來的糧食吧。

對世上已無眷戀，只有四季更迭的天空，吾對其尾韻仍戀戀不捨。
（第20段）

「總覺得有點累呢～」，
這種時候就去散散步吧。

持續匆忙慌亂的日子，心會感到疲倦。這時候，到湖邊
和公園散散步、去看著夕陽發呆吧。遠離人聲吵雜，置
身於自然中，心也會變得輕鬆。

遠離人群，至水青草綠之地漫步為無上療癒。（第21段）

用字遣詞恰如其分，
這是大人的素養表現。

和工作夥伴及初次見面的對象接洽時，請注意用字遣
詞。在對話和信件中請避免使用簡稱和時下用語。雖然
可能有些老派，但客氣有禮的用詞能帶來信賴感。

凡事以古代為上，時下之物易顯廉價。（第22段）

為了不可測的未來手足無措，
也是無濟於事。

無法看透未來，總令人感到不安。但這並不能成為膽小
而躲入舒適圈，或是變得自暴自棄的理由。讓自己同時
能有強韌和柔軟度，妥善的應對所有變化吧。

憂心無法窺見的彼岸之界，並非明智之舉。（第25段）

總是心情愉悅、
細心待人。

就算對親近的朋友和家人，談話時心不在焉或心浮氣躁都是很失禮的。對於他人的用心會展現在日常的態度中。不忘隨時體貼他人，就從日常做起。

應不知仍有人在側，如此優雅舉止，為日常累積之表現。（第32段）

就算分離，

共處的時光和回憶依舊常在。

與重要的人分開是件難過而痛苦的事。但就算兩人的距
離遙遠，一起度過的時光和帶來勇氣的言語是不會消失
的，也會一直支撐著往後的人生片刻。

經年累月，滴滴積累的言語銘刻心中，故人自我的世界中離開，其
痛苦更勝死別。（第26段）

面對不擅長的對象，
也提起勇氣主動問候吧。

就算是不擅長應付的對象，只要閒話家常後，印象也會
跟著改變。若因成見而止步就太可惜了，試著和不同的
對象積極溝通吧。

與疏遠之人談天說地後，能對其改觀，實為佳話。（第37段）

靜靜地、好好地面對過去。

偶爾也試著停下腳步吧。

意外翻出過去的信件和照片時，懷念之情油然而生。潛心面對過去的經驗和當時的自己，並好好珍惜這樣的時光。

靜心回想，對過往之事僅滿懷眷戀。（第29段）

別忘了對曾提供協助的、
重要的人們表達感謝之意。

對於學校的老師及職場上的上司、前輩等這些曾經關照
過自己的人，總希望有一天能有所回報。就算生活繁
忙，若久未問候，至少每年寄一次信件關心近況。

改朝換代後，眾人皆為新人上心，舊朝之處門可羅雀更顯寂寥。此
刻最能見人心。（第27段）

為了他人的評價而或喜或憂，
不過徒留空虛。

社會地位高不一定代表優秀，也不乏滿腹長才卻被埋沒
之人。他人的評價隨時可能變化，將雜音排除耳外，恬
淡堅定地貫徹自己決定之事。

為名利左右而不得安寧，一生為其所苦，何等愚昧。（第38段）

請不要忘了，
生命無法衡量。

持續安穩的日常，總令人誤認為理所當然，以致認為新
聞上的事故案件都事不關己。但突如其來的災害和意外
就在身邊，眾人皆同。為了屆時不感到後悔，好好的珍
惜每一天。

「我等之輩的死期隨時可能到來，遺忘此事悠哉度日為愚蠢之事」
（第41段）

捷足先登，
在衝勁消失前立即行動吧。

事情能否順利進展，時間點是重要關鍵。不要因為「不想做」而耽擱，制訂好待辦之事的先後順序後，平穩進行。不追求完美，只求先起步。且走且看就好。

所謂錯誤不為別的，意指急事緩辦、緩事又操之過急，所遺留之不甘心感。（第49段）

凡事皆有高手。

丟掉無謂的自尊，

不恥下問吧。

在開始嚐試新事物時，不要裝懂地照著自己的方式進
行，而是向熟悉此事的人請教。若對方較自己年幼可能
會覺得有些難為情，但「請教是羞愧一時，不請教是羞
愧一世」，謙虛才是成長的第一步。

微不足道的小事也盼深諳其道之人帶領。（第52段）

別總是自說自話，
也好好傾聽對方的聲音。

今天所發生的事、看了電影或是書本的感想、談論旅行的名產等，愉快的事總想向人訴說。但若自顧自傾訴，對方也可能感到厭煩。也向對方詢問「有發生什麼開心的事嗎？」，好好聽對方訴說。場面應會更為熱絡。

評斷他人外表優劣、才學與否時總與自身相較，令人生厭。（第56段）

制訂目標後，就讓自己身處
能專心達成的環境吧。

若想精進、升級自身，需先具備可以專注其中的各項條
件。也可以先設立明確目標、制定明確日期。人難以抵
抗誘惑。將自己置身有相同目標的競爭者之中也不失為
一個好方法。

人心易被機緣牽引，故不在閑靜之境則難以專心致志。（第58段）

装懂可恥。

明明一知半解卻以表淺認知指手畫腳，相當丟人。若被
專業人士聽到，馬上就會被看破手腳。保持著請教的態
度，安靜聽對方分享吧。

針對不諳其道之事大言不慚，貽笑大方不忍直視。（第57段）

不囤積多餘物品，
清爽過生活吧。

物品散落四處，不僅需要之物遍尋不著令人煩躁，整理
起來也十分麻煩。「不放置不必要之物」、「用完物歸
原位」。只要能遵守這兩點，不但更容易整理，心情也
會隨之清爽。

粗鄙之物為大量散落四周之物。（第72段）

當感覺到不對勁時，
先在腦中好好思考判斷。

世人所指的「正確」，若換個角度思考，看法可能也會
隨之變化。重要之事不要人云亦云，要靠自己好好判
斷。

總而言之，此為多謊之世。但若能等閒視之，則能不為其所困惑。
（第73段）

有些事只有獨處能做到，
所以積極地讓自己變得「孤獨」吧。

隻身一人確實令人恐懼。但若應和他人而感到疲憊，不如試試獨自向學、讀書、埋頭於興趣之中。不畏懼他人眼光，面對真實情感的這些時光會成為未來的養分。

若是身在世俗，心則容易為塵世所迷惑，與人來往亦會附和對方，而喪失自我初衷。（第75段）

羨慕他人是人之常情，
慢慢模仿，進而成長吧。

若忌妒優秀之人，甚至試圖阻擾對方，則一生都不會進步。思考「為什麼他可以做到？」，試著改變觀點，找出值得學習之處吧。模仿優秀之處，有一天會成為真正的實力。

愚笨之性根深蒂固，就算假意也無法捨棄蠅頭小利，絲毫無法向賢德之人學習。（第85段）

不確定的情報
和謠言不輕易說出口。

四處探聽、散佈秘密不但不得體，更會失去信任。就算偶然聽見無法確定真偽、尚未公開的內容等，也先保持沉默。

毫不相關之人卻表現熟知內情、四處宣揚，實不得宜。（第77段）

只顧說圈內話是不禮貌的，
讓大家一起參與話題、
讓場面熱絡起來吧。

新成員加入時，花些心思讓他們能自然融入吧。元老們
自顧自聊著外人不懂的話題，而將新人擺到一旁，是不
成熟的行為。

讓不熟環境者自覺無法融入，為不世故無教養之人必有之舉。（第
78段）

越是優秀越不能自負。

越是無常識之人，越會表現知曉一切大放厥詞。受人尊重之人就算談論熟悉領域也不顯洋洋得意。越是專精越是慎重，不被提問則不多開口。

對深諳之道定惜字如金，不被問及則不多言。（第79段）

比起過於完美，
半成品反而饒富趣味。

比起百分之百的完成度，稍微殘留一些未完成，感覺更
剛好。過於完美會感到有些侷限，也沒有再進步的空
間。如果有些後續可加強之處，花點時間慢慢完成，樂
趣也會倍增。

若萬事俱備，其為不佳。未盡善之處更饒富趣味、餘裕無窮。（第
82段）

將能一生相伴的質感好物
穿戴上身吧。

服裝、手錶、皮包等，身上穿戴之物會改變給人的第一
印象。非高價，但品質好且適合自己的，就是最好的選
擇。在不勉強的預算內將自己喜愛的物品一個一個搜集
到手吧。

古樸淡雅，不過度豪奢之物為上等。（第81段）

就算顯然是「虛假」，

過度思考後也可能被誤認為是「真實」。

很久很久以前，有個和尚在夜間行走時，突然有東西飛撲而來。和尚以為是日本傳統妖怪的「貓又」，嚇到掉進了河中。但其實飛撲而來的不過是他養的狗。若總是想太多，平常思慮冷靜的人也可能導致失敗。

「並非僅在深山，此處也不乏貓咪經年累月而成貓又，生性兇殘以人為食。」（第89段）

成為最好的一天或是最壞的一天，
其實都取決於自己。

雖然占卜上寫了今日運勢不佳總影響心情，但萬事發展
並非依照占卜進行。靠自己的力量讓這天成為美好的一
天吧。

吉凶是取決於人而非取決於時日。（第91段）

「 沒有後路 」，
就能徹底追求、全神貫注。

機會只有一次的情況下，較能發揮實力。一旦有了餘
裕，緊張感就會削弱。但若認知沒有後路，就只能全力
以赴。逼迫自己全心投入，就是成功的關鍵。

「初學者避免一次持二箭，會自恃還有機會而在第一箭鬆懈。每次
都該忘卻得失，一次定勝負。」（第92段）

快樂和喜悅其實近在眼前，
試著品味平凡的每一天吧。

當生活落入千篇一律，定會追求刺激、渴望外界。但不
要過度追求外面的世界，好好珍惜既有生活中所擁有的
喜悅。

人若憎恨死亡，則該愛惜生命。生存的喜悅，日日都該深有所感。
（第93段）

錢是用來支配，
而不是被其支配之物。
學著和錢好好相處。

金錢不足會導致生活充滿不安，金錢過剩則容易浪費，
進而衍生問題。好好的思考如何有效使用有限的金錢。
讓我們一起遠離被金錢左右的人生吧。

依附於此物、耗損於此物之事，不計其數。（第97段）

若一直在同樣的位置，
就會有發現不到的事情。
試著站在對方的角度思考看看。

富裕之人無法理解貧困之人的艱辛，上位者無法體會下層的不滿。試著改變視角思考看看吧，實踐所謂的將心比心。

位高者能成下位者、智者能成愚者、富人能成貧者、有才之人能成無能之人。（第98段）

培養能探究本質的眼光。

物品的價值不能單以外在判斷。積極前往美術館和古蹟，透過接觸真品大量吸收相關知識與涵養。

歷代留存的國家古物，雖老舊但有其價值，不宜輕易改動。因知曉歷史的官人如此表示，故終止其更動。（第99段）

不害怕衝突，以真心闡述。

總是無關緊要的對話，無法看透對方的真實感受。若想
更深度的互相理解，就彼此說出真心話吧。有主題的對
話能讓情感高漲，更能從表情和用詞中窺見對方真心。

是場極為有價值的爭吵。（第106段）

每個人定有不同感受和不同需求。
不多加批判、認同彼此相異之處。

性別差異可能導致對於同樣一事有不同接受程度，就算
意見相左也別為此爭論，首先接受「原來有其他看法
啊」，接著找尋雙方都可接受的答案。

能得宜應對女性話題的男性，實為少數。（第107段）

一生是分秒的點滴積累。
為了充實的未來，
要珍惜每一個零碎的片刻。

一天之中扣除工作、家事、吃飯、睡覺等，可以自由使
用的時間微乎其微。渾渾噩噩度過或是有效利用這些時
間，會在之後的人生見真章。為了未來，好好的珍惜當
下吧。

不去惋惜那些遙遠的時日，只專注珍惜當下的每分每秒。（第108
段）

「應該沒關係了吧」，
這樣的懈怠會招來失敗。

有位爬樹的高手在旁看著樹上的後輩，在後輩準備往下
時才首次開口：「小心不要受傷，謹慎向下爬。」。高
手深知疏忽大意會招來巨大的失誤。

失誤，是在鬆懈之處定會發生之事。（第109段）

恰如其分的生活方式，

最為理想。

汲汲營營表現自己年輕、入不敷出卻處處奢華，拚命想掩飾自己的姿態，在旁人看來卻十分刺目。多餘的裝飾反而會掩蓋掉原有的美好，最真實的姿態才最能展現魅力喔。

令人難以入耳不忍直視的，是年長者混雜於年輕者中，大肆談論那些自認有趣的話題。（第113段）

別想著要勝利，
先想著不要輸。

滿腦子只想著贏，到最後卻是落敗下場，這是因為無視
於對方的本領。不要想著勝利，而是持續「不敗戰
術」。只要維持不敗，勝利有一天會到來。

勿想著爭取勝利，應思考避免落敗。（第110段）

做過頭
反而會有反效果。

比如說，為了和其他店家的商品作出區隔，而取了艱澀
難讀的名字，不如「物如其名」，將商品優勢直接點
明，如此更能傳達商品訴求。

凡事追求艱澀難懂、與眾不同，為才能不佳者必有之舉。（第116
段）

別過度欲求，
以既有之物達成。

綠色顏料用完了，雖想外出購買，卻刮著颱風窒礙難
行。此時只要將藍色和黃色的顏料混合，即能成為想要
的綠色。太多的物品，都能以手邊既有之物加工完成。

船舶自唐辛苦漂泊而來，卻滿載無用之物，甚為愚昧。（第120
段）

比起身體髮膚之傷，
心裡的傷更難治癒。

內心所受的傷雖為無形，卻比身體之傷更難治癒。有時
傷口會長存於心底深處，甚至會影響到原本健康的體
魄。所以要隨時銘記，無心的一句話可能會在對方人生
中造成傷害。

較身體髮膚病痛，內心傷痕對人體傷害更甚。（第129）

若一昧與他人比較，
則永遠不得滿足。

過度追求能力範圍外的理想和奢華只會帶來痛苦。食衣
無虞、精神飽滿得度過每一天。雖然簡單，卻是至高的
幸福。

人生大事不過有三。不挨餓、不受寒、不受風吹雨淋，即歲月靜
好。（第123段）

勝利不會永存，
要學著漂亮退場。

不管何事，若是一人連續得勝，則必得提防。連敗的對
手尋求敗部復活，會在出其不意之處反擊。狀態不會永
遠維持高峰，隨時保持冷靜，洞悉事情的一體兩面。

賭博連續賭輸、投注所有身家的對手，避為上策。（第126段）

潛心於自己的目標、常保心情平靜。
這是最理想的生活方式。

從早到晚專注於自己應作之事，因沒有多餘思考，所以
心情平靜。這或許是最理想的生活方式。

是法法師之道行已為淨土宗之最，無可詬病。但仍不自滿，僅日夜
念佛，安穩度日，其樣貌為人欽羨。（第124段）

想成為朋友的三種類型。

想跟這些類型成為朋友。①不吝給予之人。②醫生。③聰明之人。會準備需要的東西給我、生病時能給予幫助、還上知天文下知地理。哎呀，是不是有點太貪心了？

益友三類：一為樂善好施、二為醫者、三為有智慧之人。（第117段）

不想成為朋友的七種類型。

這類的人不容易交往。①和自己立場過於不同的人。②年紀小太多的人。③身強體壯不知病痛為何物的人。④喜歡酒的人。⑤暴躁的人。⑥騙子。⑦貪心，對他人的軟弱無感的人。

不宜為友者有七類。一為身份尊貴者，二為過於稚幼者，三為無病身強者，四為嗜酒之人，五為勇壯威武之兵卒，六為滿口謊言之人，七為貪得無厭之人。（第117段）

比起位高權重者，
向弱者及有難之人伸出援手者更值得尊敬。

就算身分高貴事業有成，若是會欺負動物則不值得信
任。因為他對處境艱難之人會是同樣套路。真正值得尊
敬之人，越是弱勢越會發揮憐憫之心。

對於萬物皆冷酷看待、毫無慈悲之心者，無法稱之為人。（第128
段）

食為生存的基本條件。

食物為維持身體組成不可或缺的一部分。為了健康活力的生活，需要用心攝取均衡營養。愉快美味的一餐能讓身心都獲得療癒喔。

民以食為天，善於調味料理可謂一大功德。（第122段）

不是為了贏過他人，
而是為了自我成長而努力向上。

喜歡競爭者，或許部分原因是享受對手落敗時不甘心的
樣子。就算只是遊戲，若是有失分寸也可能造成關係惡
化。別只想著打倒對方來追求高人一等，隨時不忘保持
知識和教養。

不與之相爭，放低姿態順從他人，將自身置於後、禮讓他人於前，
此為善也。（第130段）

84

為了使他人歡樂，
先從手邊的小事開始做起。

為了他人而去借錢、身體狀態不佳仍勉強工作。若超出
能力範圍就變成本末倒置。別想得太難，先從目前可以
做到的盡力去做就好。

有自知之明、無法達成時迅速止步，可謂智也。（第131段）

在評論他人之前，
先回頭審視自己。

若無法了解自己，則更無法理解他人。樣貌、內涵、知
識、人際，試著正視他人是如何看待自己的一舉一動。
要評論他人前請先完成此事。

看似賢能之人僅憑表象評斷他人，卻對自己一無所知。不識自我卻
熟知外界，於理不合。（第134段）

每天所使用之物，
比起新潮更該追求適用。

有時會被新奇吸引而購買了設計獨特或國外進口的商
品，但每天使用的日常用品和廚具，若是使用起來不順
手就沒有任何意義。就算是基本配備、就算平凡無奇，
我們還是應該選擇能讓生活更為便利的物品。

世上罕見品種、其異國之名饒口、花貌看著眼生等，皆難以上心。
（第139段）

凡事都因有始有終才顯美好。

櫻花盛開雖然很美，但含苞待放及吐露綠芽的櫻花也別具風情。若總是盛開則會喪失感動。有「開始」有「結束」才有韻味。也因此，我們才能享受盛開瞬間的美好。

萬事皆於初始及結尾，最饒富趣味。（第137段）

除了必要之物，

不多取、不過剩。

持有多餘的東西可能成為問題的根源。放下非必要之
物，盡可能的追求簡約生活。

除了日常必需品外，不需他物。（第140段）

深信不疑和先入為主，
都會使你的世界變得狹隘。

因某人用語粗鄙，所以決定保持距離，這類的先入為主
會讓人無法看清真相。做決定不是透過情報、印象或他
人的意見，而是透過自己親眼確認，之後再下判斷也不
遲。

這位上人語帶鄉音，豪邁不羈。我本認為其無法參透細膩之佛法，
聞其言後為之敬佩。眾多僧人中能被推舉大任，定是為其柔軟之
心。（第141段）

若想進步請拋棄羞恥心，
自己立於眾人目光下。

初學者請積極的混雜在高手之中練習吧。和熟練之人比
較能發現問題點，也能得到建議。工作也是如此，積極
處理沒有自信的業務吧。累積經驗後會變得更擅長處理
應對。

身處於高手之中，被取笑也不以為恥，處之泰然練習不懈。就算天
份不佳，依舊持續精進，恪守本分。積年累月必能勝過天賦異稟之
人，才德兼具、頗負盛名。（第150段）

「喜歡之事」就算不作為工作，
　　也能一直享受其中。

人總是有適合和不適合。長年習得之事希望做為志業，
卻不見得能實現。若變成了「工作」，而讓喜歡之事變
得痛苦，也令人難過。只做為興趣一生享受其中也不失
為一種好選擇。

古人有云，若天命之年仍無法精通之藝，應捨棄。持續鑽研也未必
有善果。（第151段）

人生無法預測，
一心想達成的事情，
現在就開始行動吧。

越為重視之事則越是謹慎以對。但可能明天自己或家人
就遭遇病痛或意外，也無法保證目前的生活可以永遠維
持。若有無論如何都希望完成之事，就別再等到時機到
來。

若有必定達成之事，請勿講究時機。勿瞻前顧後、勿躊躇不前。
（第155段）

所謂的專心，
便是斬斷所有誘惑。

就算準備念書，只要手邊有遙控，不小心就會打開電
視。人心容易被舉目所見之事影響。所以希望專心時，
要讓所有的誘惑因子都從眼前消失。

心神定由外物觸發而致。（第157段）

96

流言蜚語只會造成損失，
不會有所獲得。

和同事及朋友一起時，總是會開始說三道四。就算一開
始只打算輕描淡寫，還是要留意不要變成不在場之人的
批判大會。流言蜚語有天會回到自己身上的。

世間的流言、他人的是非，不管對人對己皆弊大於利。（第164
段）

不管任何事物皆無法永存。

就算為了將來做了許多準備，但所仰賴之物有可能因為一次的打擊而喪失價值。過於仰賴一件事情是很危險的。要隨時保持柔軟度，在緊急時刻能辨別最好的道路轉換方向。

人有生之年就如同雪佛一般，從下端開始融解。儘管如此，在有限期間內仍有諸多事宜等待經營、值得期待。（第166段）

自負為災難之源，
將自己的「長處」拋在腦後吧。

學歷和頭銜、過去的豐功偉業都忘卻吧。「較他人優
秀」的自豪，會表現在態度上而招致反感。積極進取、
謙虛自律的人才能明哲保身。

請戒慎恐懼，忘卻自己的優勢。看來愚笨且遭人非議、甚至招致禍
端，皆因自傲而起。（第167段）

比起過度完美，

稍微有隙可乘才是恰到好處。

一個人拚命工作、也不討厭假日加班。雖然看來可靠，
但同時也讓人覺得難以親近。有時候依賴其他同事、閒
話家常一下吧。

毫無荒廢之時、一生僅專注其中，反而會看來有些笨拙。或許在他
人奉承時回覆「現在都忘得差不多了」，更能顯示氣度。（第168
段）

若總是東張西望，
則容易錯過眼前的機會。

別人的東西看起來很氣派、現在的工作覺得有點無聊。
如此這般，將目光移開自己的腳邊，盡想些無謂之事，
就會忽略小小的變化。首先，先鞏固自己的基底吧。

萬事皆不應渴求向外，僅要顧好身邊本份即可。（第171段）

保持適當距離
以維持長期良好關係。

事情處理結束後應避免久留。就算沒有惡意，但如此不
考慮他人狀況的行動是不禮貌的。若想維持長期良好關
係，需用心巧妙經營。

無所用事而長駐他人之處實不可取。（第170段）

年齡增長是有其意義的。

年輕時有著能徹夜不休的體力及不怕失敗的行動力。隨
著年紀增長，體力和行動力或許會消失，但也獲得了經
驗和冷靜的判斷力。也能謹慎判斷機運、擁有學識和智
慧，同時有設身處地為人著想的寬容。這些都有和青春
無敵抗衡的價值。

年長時智慧勝於年少，如同年少樣貌更勝年長。（第172段）

從金錢使用方式中，
可以看到人的本質。

受人尊敬的優秀經營者中，也不乏生活簡樸之人。就算
家財萬貫，也別單就一己之慾揮霍，別忘記惜物之心。
這樣的姿態或許會受人景仰。

儉約為治世之本。（第184段）

外行人不知害怕，
但越是深諳其道之人越是戒慎恐懼。

騎馬的專家自馬兒出廄起就仔細觀察腳步，細心確認馬
的狀態。如果馬兒過度興奮可能造成危險，便依判斷停
止騎乘。

若非深諳此道，定不如此戒慎恐懼。（第185段）

專業和業餘天差地別。
鑽研其道之人從日常生活中就能看出不同。

資歷短淺的專業人士和經驗豐富業餘玩家中，專業人士
仍有壓倒性的優勢。因為專業人士日以繼夜地磨練技
術，業餘玩家則是隨心所欲。身為專業的自覺從日常生
活中就會展現。

長時間的舉止用心，笨拙卻不失謹慎，則得其根本之道。若投機取
巧且隨心所欲，則失其根本。（第187段）

就算被他人嘲笑也別在意，
專心看著眼前的目標就好。

若專心一意在達成目標，則無顧及周遭的餘裕。就算被
不懂狀況的人嘲笑，並非丟人之事。「專心在必要之事
上，犧牲其他無妨」，抱持如此覺悟，努力達成目標。

若有一事勢在必得，則不該為捨棄他事而傷，並不以他人嘲笑為
恥。但若無法取捨他事，則必然面對失敗。（第188段）

「人生中沒有一天是會照著期望進行的」，
若能這樣思考會輕鬆很多。

「今天之內一定要完成！」，就算如此想著，卻常常無
法得償所願。進度沒有掌握好、有突如其來的問題。人
生也是如此。就算計畫大亂，只要做好修正軌道的心理
準備就沒問題。

認知無常才是真理，此為正途。（第189段）

愛情不見得是需要永遠在一起，
稍微有些距離也是必要的。

就算是喜歡的對象，一直在一起定會看到討厭的一面。
若為了義務共處而感到疲憊，不如稍微拉開距離吧。若
一個人也可以過得充實愉快，兩人共處時也定能更輕鬆
自在。

不定期的留宿，反而能成為感情持久的伴侶。（第190段）

不知會在何時遇到何人，
故就算心情放鬆也需端正儀容。

就算白天有用心打扮，但工作結束的晚上，是否覺得
「反正只是要回家」而讓服裝髮型都一團亂？越是這種
時候，越可能會遇到重要的人。放鬆之時更不可大意。

無所特別之日常，其深夜訪客，清麗潔淨，別有韻味。（第１９１
段）

尊重每個人的專精之處、
不輕易對其發言。

那些喜歡與他人比較者，總是會以自己擅長的項目競爭。就算平均而言對方略勝一疇，但只要有一個項目的獲勝，就能緊抓這點覺得自己高人一等。可謂大錯特錯，愚不可及。

應尊重各人專精之處，不該力拼勝負、指手畫腳。（第193段）

知識和經驗能守護我們。
培養能看透謊言的眼光。

無法看破謊言的人有分許多類型。有些人是過度單純所
以深信不疑、有些人因為毫不關心所以捨棄思考判斷、
有些是人云亦云被他人影響。但不管是什麼原因造成,
都應該透過知識、經驗、觀察對方的言行舉止等,努力
培養看透真相的能力。

深諳其道之人,定觀察入微、慧眼識珠。(第194段)

就算不如預期，
也放寬心、彈性以對。

事與願違總令人火大。但若能將思考轉換為「如果能順
利就太幸運了！」，就算失敗也能心平氣和。讓心多點
餘裕吧，如此一來就不會和他人起衝突，也不至山窮水
盡。

萬事皆不宜過度仰賴。愚昧之人便是過度仰賴他物，才造成積怨憤
怒。（第211段）

從被金錢束縛中解放吧。

深信「沒錢萬事不能」，將增加資產當作第一且唯一的樂趣未免也太過空虛。不要過度節省甚至搞壞身體，也別拒絕所有社交和停止休閒活動，而是好好思考用錢的平衡，一起避開被錢左右的人生吧。

追根究底，人之所以追求錢財，是為了達成所願。（第217段）

無法取得最好的條件也能平心接受且交出成果，
這才是專業。

達到專業境界的人們，就算道具不佳也能交出成績。將
過錯推給他人及道具，是尚未純熟的證據。不可能永遠
都以最佳狀態工作，能隨機應變也是重要的技巧之一。

無法合上音律為人所致，並非樂器之過（第219段）

鑽研知識，
讓現有環境發揮最大功效。

就算擁有土地千畝，若放著不管則無所生產；若是狹小
土地善加利用勤於耕作，則能收穫。能否善用有限條件
取決於自己喔。

狹小之地若放置不管則無所助益。應該種植食物及藥材等。（第
224段）

「不留痕跡」的無微不至是最帥氣的。

　　比起對來作客的朋友宣告：「我準備了你喜歡的點心喔！」，不如低調做好讓對方賓至如歸的準備並掌握當場時機氛圍，如此一來更能讓人心情愉悅。

贈送他人物品時，輕描淡寫地以「這個給你」帶過，足顯誠意。
（第231段）

裝腔作勢是因為不成熟，
坦承以對反而更能成長。

年輕經驗不足時，可能會因自信不足而虛張聲勢，但這
些都會被前輩和經歷過的人們看破手腳。犯錯時千萬不
要意氣用事急著反駁，坦率地和他人請教吧。

年輕人之德性，可由行為見微知著。（第232段）

不為人際關係煩惱的三個法則。

為了不犯下過錯，將下列事宜銘記在心吧。①隨時誠實以對。②待人維持謙和有禮。③不說多餘的話。大多的失敗都是起因於自滿及高姿態待人。

若想萬事無過失，誠實以對、一視同仁、謙和有禮、惜字如金，此為最佳。（第233段）

只要一忙碌就容易將事情往後延。
但人生有限，能完成的事情也有限。

就算有想做的事，卻常常為了等待「對的時機」而裹足不前。若是突然被病痛襲擊、無法動彈時才後悔也為時已晚。人生如夢似幻。我要做什麼？我想做什麼？持續思考前進吧。

如夢似幻的人生中，究竟能完成何事？（第241段）

若遇到他人詢問，

親切易懂的回答對方吧。

被他人詢問時，不能因為自己了解便認定「其他人也該有這程度的認知」，而在回答時不完整回答敷衍了事。別嫌麻煩，好好說明讓對方理解吧。

在他人提問時認定對方已有所理解，不必知無不言，進而含糊以對、試圖混淆，此為不良行為。（第234段）

124

就算是「厲害人物」所說的話，
也要從各種角度冷靜判斷。

因為是專家推薦，就算思考後便知不對勁的事也常容易
深信不疑。不管是誰的發言，無條件信任是很危險的。

答道「關於此事，為頑劣兒童的作為，真是豈有此理」，並將原本
背對的石獅及狛犬調成正面相對。原本認為背對背安排別有用心的
上人，其感動的淚水算是白費了。（第236段）

幸福的不二法則，
就是不過度追求。

人之所以在幸福與不幸之間徘徊，是因為總執著於逃離
苦難、滿足慾望。慾望無窮，且會招致各種苦難。盡可
能的從慾望中解放，心如止水的生活吧。

人的一生永遠在順境及逆境中掙扎，是因一心追求離苦得樂。（第
242段）

大眼蛙讀徒然草

作　　　　者	朝日文庫編輯部
	Sanrio Company, Ltd.
	(1-6-1 Osaki, Shinagawa-ku, Tokyo, Japan)
執　行　長	陳君平
榮 譽 發 行 人	黃鎮隆
協　　　理	洪琇菁
總　編　輯	周于殷
翻　　　譯	葉門
美 術 總 監	沙雲佩
美術指導＆設計	Yuko Fukuma
公 關 宣 傳	施語宸
國 際 版 權	黃令歡、高子甯

出　　　版　城邦文化事業股份有限公司　尖端出版
　　　　　　台北市南港區昆陽街16號8樓
　　　　　　電話：(02)2500-7600　傳真：(02)2500-1971
　　　　　　讀者服務信箱：spp_books@mail2.spp.com.tw

發　　　行　英屬蓋曼群島商家庭傳媒股份有限公司
　　　　　　城邦分公司　尖端出版行銷業務部
　　　　　　台北市南港區昆陽街16號8樓
　　　　　　電話：(02)2500-7600(代表號)　傳真：(02)2500-1979
　　　　　　劃撥專線：(03)312-4212
　　　　　　劃撥戶名：英屬蓋曼群島商家庭傳媒(股)公司城邦分公司
　　　　　　劃撥帳號：50003021
　　　　　　※劃撥金額未滿500元，請加付掛號郵資50元

法 律 顧 問　王子文律師　元禾法律事務所　台北市羅斯福路三段37號15樓

台灣地區總經銷　中彰投以北(含宜花東)　楨彥有限公司
　　　　　　電話：(02)8919-3369　傳真：(02)8914-5524
　　　　　　雲嘉以南　威信圖書有限公司
　　　　　　(嘉義公司)電話：(05)233-3852　傳真：(05)233-3863
　　　　　　(高雄公司)電話：(07)373-0079　傳真：(07)373-0087

版　　　次　2022年3月初版
　　　　　　2024年3月1版2刷
I S B N　978-957-10-9293-5

國家圖書館出版品預行編目（CIP）資料

大眼蛙讀徒然草／朝日文庫編輯部著. -- 1版. --
臺北市：城邦文化事業股份有限公司尖端出版：
英屬蓋曼群島商家庭傳媒股份有限公司城邦分
公司尖端出版行銷業務部發行, 2022.03
　面；　公分
　譯自：けろけろけろっぴの『徒然草』 毎日を
　　　　素敵に変える考え方
　ISBN 978-957-10-9293-5(平裝)

1. 吉田兼好　2. 文學評論

861.647　　　　　　　　　　109018575

版 權 聲 明　KEROKEROKEROPPI NO『TSUREZUREGUSA』MAINICHIO SUTEKINI KAERU
　　　　　　KANGAEKATA